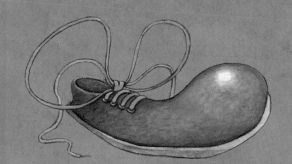

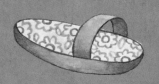

Primera edición: mayo de 2016

© 2016, Miguel Pérez, por el texto
© 2016, Ana Burgos, por las ilustraciones
© 2016, de la presente edición en castellano para todo el mundo:
Penguin Random House Grupo Editorial, S.A.U.
Travessera de Gràcia, 47-49. 08021 Barcelona

Printed in Spain – Impreso en España

ISBN: 978-84-488-4503-2
Depósito legal: B-7215-2016

Impreso en Egedsa

BE 45032

Penguin
Random House
Grupo Editorial

Miguel Pérez   Ana Burgos

Los 10 zapatos de CENICIENTA

Beascoa

Hoy es uno de esos días lluviosos en los que el sol, holgazán y perezoso, no asoma la nariz.

Cenicienta se entretiene mirando los paraguas de colores desde la ventana de su habitación.

Vive con el Hada Madrina en el gran palacio, y lo que más le gusta, además del puré de calabaza, es acudir con su carroza a los bailes y fiestas que se organizan por todo el reino.

Pero el baile de hoy se ha suspendido.

—¡Los días de lluvia son un rollo! —se lamenta.

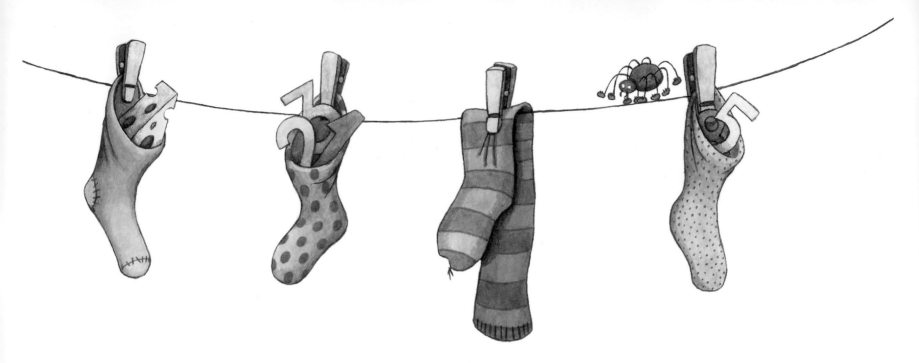

Junto a ella, enredan como siempre sus dos mejores amigos:
dos simpáticos ratones de orejas pequeñas y largos bigotes que
responden a los nombres de Piñón y Coscorrón.

Coscorrón es alto, pero anda siempre encogido por miedo a golpearse
la cabeza, mientras que Piñón es bajito y anda siempre muy
estirado por miedo a pisarse los bigotes. De modo que, aunque
son como el punto y la i, a simple vista no se les distingue.

A los dos les gusta el queso con agujeros.
A los dos les gusta jugar al veo veo.
A los dos les gusta contar con los dedos.

Pero ¡fíjate bien!
Coscorrón tiene cuatro botones en la chaqueta
y Piñón solo tres.

¿Sabes quién es quién?

Además hoy, con la lluvia, están los tres la mar de aburridos.

Ya han jugado al pillapilla.
Ya han jugado al bote bote.
Y ya han jugado al veo veo.

Han subido y bajado las
escaleras de caracol
tantas veces que se
han mareado.

Han merendado en la cocina.
Y han metido los dedos en la masa de las croquetas
que la cocinera está preparando para la cena.

-¡Riquísima!

-¡Ya está bien! ¡Qué no va a quedar nada!
-grita la cocinera con un cucharón en la mano.
-¡Vayamos a la habitación del Hada Madrina!
¡Allí siempre pasan cosas!

Después de correr por los pasillos huyendo de la cocinera, llegan a la habitación del Hada Madrina.

Al entrar, unas cajas misteriosas llaman su atención.

¿Unas cajas misteriosas? Pues sí, las cajas cerradas son de lo más misterioso porque no sabemos lo que hay dentro hasta que las abrimos.

Coscorrón cuenta las cajas:

—Una, dos, tres, cuatro, cinco, seis, siete, ocho, nueve y diez.

Cenicienta y los dos ratones piensan un plan para averiguar qué hay dentro de las cajas y después de darle vueltas un rato, exclaman:

—¡LAS ABRIMOS!

Y al abrir la primera caja...

¡UNAS BOTAS DE AGUA!

Cenicienta se prueba las botas
y de pronto está en mitad de la calle,
cantando y chapoteando encima
de un charco enorme.
Los ratones también se han puesto
las botas... ¡pero de comer queso
mientras juegan al veo veo!

¿Quieres jugar con ellos?
En este juego, para adivinar
hay que contar.
¡Fíjate bien
y seguro que aciertas!

Veo veo que son nueve
y siempre salen cuando llueve.

Cuando abren la segunda caja...

¡UNAS BOTAS DE FÚTBOL!

–¿Dónde estamos? –pregunta Coscorrón.
–¡En un partido de fútbol! –exclama Piñón.
Es la Gran Final. El equipo de los Pares
contra el equipo de los Nones.

Coscorrón mira el marcador
y pregunta:
—¿Quién va ganando?
—¡Qué más da! —contesta Piñón.
¡Vamos a jugar!

Veo veo que son tres
y están colgados del revés.

Al abrir la tercera caja...

¡UNAS ZAPATILLAS DE BALLET!

Son unas zapatillas de media punta, muy
ligeras y con unas cintas muy largas. Cuando
Cenicienta termina de atárselas...

¡Se abre el telón!

—¡El lago de los Cisnes! —exclama Coscorrón.
—¡Pues parece el lago de los patos! —opina Piñón.

Veo veo que son un montón
repartidos por todo el salón.

Y en la cuarta caja hay...
¡UNAS CHANCLAS!

Cenicienta se prueba las chanclas y acto
seguido una ola llega hasta sus tobillos
cubriéndolos de arena.
—¡Estamos en la playa! ¡Hagamos un castillo
de arena! —proponen los ratones.
Con un vasito de helado y dos cucharas, Piñón
y Coscorrón se ponen manos a la obra y en
menos que canta un gallo...

¡No queda ni rastro del helado!
Era uno de esos grandes de 3 bolas:
fresa, nata, y chocolate.
Cenicienta se acerca corriendo
hacia ellos.
—¿Queréis jugar? —les dice.
—¡Sí! —responden los dos a la vez.

Veo veo que son once
volando hacia el horizonte.

Cuando abren la quinta caja...
¡UNOS PATINES!

A Cenicienta le cuesta mantener el equilibrio
y...
¡PLAF!
Se incorpora de nuevo y...
¡PLOF!
Lo vuelve a intentar y...
¡CATAPLOF!

—He perdido la cuenta, ¿cuántas veces
se ha caído de culo Cenicienta?
—pregunta Coscorrón a Piñón.
¡Con la ayuda de sus amigos, dos
escobas y unos cuantos porrazos
después, Cenicienta consigue
tenerse en pie!

Veo veo que son siete:
cuatro con patines
y tres en patinete.

Al abrir la sexta caja...

¡UNAS BOTAS DE MONTAÑA!

—¡Vámonos de excursión!
El camino es largo, pero un ratito a pie
y otro caminando, llegan al quinto pino.
Allí les recoge el cocherito (leré)
que en un suspiro (leré)
les lleva hasta el río (leré)
donde un señor muy amable (leré)
les cruza en barca hasta la otra orilla (leré).

—Las niñas bonitas no pagan dinero —les
dice al despedirse.
Se sientan a merendar en un claro del
bosque. Luego, mientras juegan al corro
de la patata, una rana dice cucú y ya
están de nuevo en la habitación.

Veo veo que son diez
y si se esconden,
no los ves.

Y al abrir la séptima caja...
¡UNOS ZAPATOS
DE FLAMENCO!

—¡Olé!
Cenicienta se prueba los zapatos y empieza
a taconear en el suelo y a dar palmas.
Acompañada por la música de una guitarra
y unas castañuelas, no deja de dar vueltas.

–¡En menudo sarao nos hemos metido!
 –dice Coscorrón.
–Vaya pataleta está montando
Cenicienta –responde Piñón.
¡Olé y Olé!

Veo veo que son dos
y están detrás del bailaor.

La octava caja es más alargada
que las anteriores...
¡UNAS ALETAS DE BUZO!

Unas aletas de buzo son muy prácticas
para tenerlas en casa.
Sirven para disfrazarse de pingüino,
de rana, de pato.
Y también para nadar bajo el agua.
¿Para nadar bajo el agua?

De repente, los tres están
en el fondo del mar.

Veo veo que son ocho,
mejor nos alejamos un poco
de este pulpo tan gracioso.

Y al abrir la novena caja...
¡MENUDOS ZAPATONES!

–¡Cuidado que nos pisan! –gritan los ratones.
De pronto, están rodeados de trapecistas,
acróbatas, equilibristas, malabaristas
y un señor con mostacho que no para
de sacar conejos de su chistera.
El hombre bala pasa volando por encima
de sus cabezas y el genio de la lámpara,
que escupe fuego por la boca, chamusca
los bigotes de Coscorrón.

—¡Esto está que arde! —exclama Piñón.
¡Si no lo veo no lo creo!
Cenicienta haciendo malabares
con siete pelotas en el aire...
¿O son diez?
Entonces, el genio frota la lámpara
y están otra vez en la habitación.

Al abrir la décima y última caja, Piñón y Coscorrón
corren a esconderse muy asustados.
¡DOS GATOS!

En realidad son unas zapatillas de andar por casa
muy cómodas y confortables.
—¡Qué descanso! —dice Cenicienta al ponérselas.
—¡Qué descanso! —dicen los ratones al ver que no son gatos.
¿Hacemos unas palomitas y nos ponemos una película?
Los cojines en el suelo, las luces apagadas, los pies estirados...

Veo veo que son tres
y se han quedado dormidos.

¡Dong! ¡Dong! ¡Dong!

—¿Habéis oído? ¡Están sonando las doce!
—¡Hada Madrina está a punto de regresar!

¡Dong! ¡Dong! ¡Dong!

–¡Hay que recoger todas las cajas y dejarlas como estaban!
Cenicienta y los ratones se apresuran a ordenar todas las
cajas, pero al colocarlas de nuevo al lado del armario...

¡Dong! ¡Dong! ¡Dong!

–¡Faltan cajas! –grita Coscorrón.
¿Puedes ayudarlos a encontrar todas las cajas
antes de que suene la última campanada?

¡Dong! ¡Dong! ¡Dong!

Cuando terminan de recoger todas las cajas de zapatos, Piñón se asegura de que están colocadas igual que antes y Coscorrón las vuelve a contar.

–Una, dos, tres, cuatro, cinco, seis, siete, ocho, nueve y diez.

¡Ahora sí que están todas!

Sin hacer ruido, salen de la habitación en el mismo momento en que el Hada Madrina entra por la puerta de palacio y empieza a subir las escaleras. Cenicienta, con las prisas por volver a su cuarto, pierde una de las zapatillas que rueda escaleras abajo.

1, 2, 3, 4...

—¡Aún estáis despiertos! —exclama el Hada Madrina al verlos.
—Ya nos íbamos a la cama —dice Cenicienta.
—¡Buenas noches! —se despiden los ratones muy modositos.

Al día siguiente, el sol perezoso y holgazán se asoma tímido entre las nubes al oír el grito del Hada Madrina: ¡¡¡CENICIENTA!!!

–¿Puedes explicarme esto?

En la puerta de palacio esperan pacientemente un montón de pretendientes.

Cada uno de ellos lleva un zapato distinto en la mano.

Parece ser que, con tanta aventura y emoción, Cenicienta había ido perdiendo uno a uno los zapatos... Y ya sabéis lo que pasa cuando Cenicienta pierde un zapato... Después de que Cenicienta le cuente a su Hada Madrina lo ocurrido, todo queda solucionado.

—¿Y cómo acaba el cuento?

El Hada Madrina organiza una gran fiesta en palacio. Cenicienta, con sus zapatos de cristal, baila toda la noche, y Piñón y Coscorrón se ponen las botas con las croquetas de la cocinera.

Veo veo, que quedan tres.
Veo veo, ahora son dos.
Veo veo, ya solo hay una.
Veo veo, se acabó.

LAS CUENTAS DEL CUENTO

¡BOTAS DE AGUA!

Con la mano derecha cuenta los paraguas abiertos y con la mano izquierda los paraguas cerrados. ¿Cuántos dedos tienes levantados?

¡BOTAS DE FÚTBOL!

Escoge un jugador del equipo de los pares y otro del equipo de los nones. ¿Cuánto suman los dorsales de sus camisetas?

¡ZAPATILLAS DE BALLET!

Fíjate en los patos de la primera fila.
¿Cuántas patas y picos son?
¿Y en la tercera fila?

¡CHANCLAS!

Si un barco pirata tiene diez cañones por banda,
¿Cuántos cañones hay en dos barcos pirata?

¡PATINES!

Unas brujas muy feas y regañonas
están buscando dos escobas.
¿Las habéis visto?

¡BOTAS DE MONTAÑA!

¿Cuántas semanas necesita un barquito
chiquitito para aprender a navegar?
¿Cuántos elefantes pueden balancearse
sobre la tela de una araña?
¿Cuántas veces sale
Caperucita a lo largo
del cuento?

¡ZAPATOS DE FLAMENCO!

Fíjate bien: entre rosas y claveles,
¿cuántas flores tienes?

¡ALETAS DE BUZO!

¿Dónde están las llaves? Matarile-rile-rile.
¿Dónde están las llaves? Matarile-rile-rón, chin-pón.
¡A ver si las sabéis encontrar!

¡ZAPATOS DE PAYASO!

El mago dice que cuando empezó el cuento, tenía siete conejos en su chistera, y ahora solo hay tres. ¿Sabrías decirle cuántos le faltan?

¡ZAPATILLAS DE ANDAR POR CASA!

Antes de quedarse dormidos, Piñón y Coscorrón se han quitado la chaqueta y ahora no saben de quién es cada una. ¿Puedes ayudarlos?

¡Corre, corre, que nos pillan!